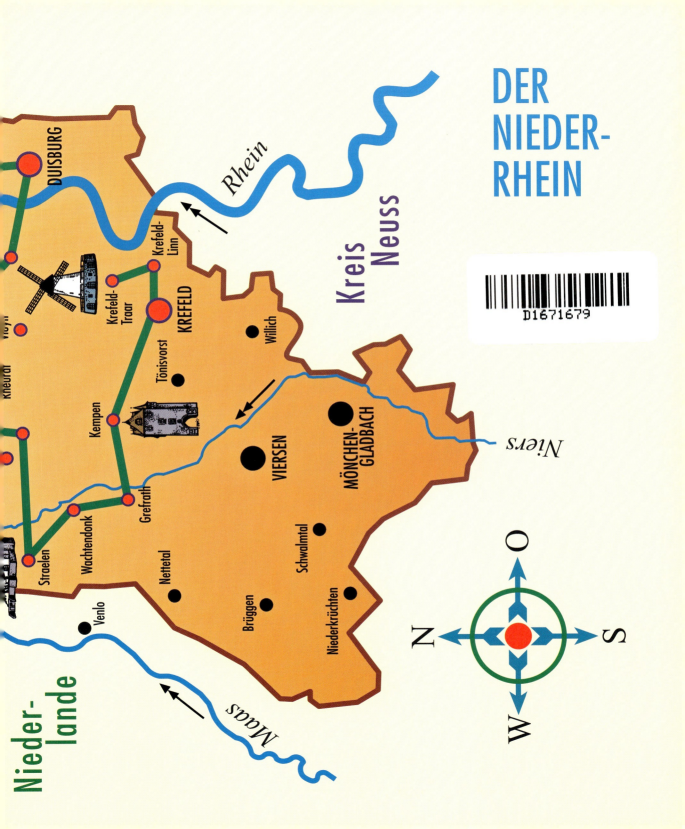

DER NIEDER-RHEIN

Kreis Neuss

DUISBURG

Rhein

Krefeld-Linn

Krefeld-Traar

Kneurat

KREFELD

Willich

Tönisvorst

Kempen

VIERSEN

MÖNCHEN-GLADBACH

Niers

Grefrath

Wachtendonk

Straelen

Schwalmtal

Nettetal

Venlo

Brüggen

Niederkrüchten

Niederlande

Maas

N O S W

Willi Fährmann / Jürgen Lenzen

Wo sanft der Himmel die Erde berührt

Willi Fährmann / Jürgen Lenzen

Wo sanft der Himmel die Erde berührt

Niederrheinische Impressionen

echter

Texte: Willi Fährmann
Fotos: Jürgen Lenzen

Wir danken Herrn Josef Heckens
für die Hilfe bei den Bildunterschriften.

Die Deutsche Bibliothek – CIP-Einheitsaufnahme

Wo sanft der Himmel die Erde berührt : niederrheinische
Impressionen / Willi Fährmann/Jürgen Lenzen. –
Würzburg : Echter, 1995
  ISBN 3-429-01725-4
NE: Fährmann, Willi; Lenzen, Jürgen

© 1995 Echter Verlag Würzburg
Umschlag: Ernst Loew (Bild: J. Lenzen)
Gesamtherstellung: Echter Würzburg
Fränkische Gesellschaftsdruckerei und Verlag GmbH
ISBN 3-429-01725-4

Inhalt

Vergessene Kräfte

*Hoch über den Dächern
Mühlenflügel,
Fühler ausstrecken,
spüren den Atem der Erde.
Es löst sich die Starre,
die Trägheit verebbt.
Kräfte wachsen
nur gegen den Wind.*

*Die Elfrather Windmühle in Krefeld-Traar
The Elfrath Windmill in Krefeld-Traar*

Die kleine Stadt

»Nester«
nennt man überheblich
die kleinen Städte.
Und doch
verrät die Sprache
eine vergrabene Sehnsucht
nach Wärme und Nähe,
nach Berührung
und Zärtlichkeit.

Der Andreasmarkt in Krefeld-Linn
The Andreas Market in Krefeld-Linn

Quellen

Brunnen,
der nie versiegt,
fülle die Schale,
bis sie überfließt
vor lauter Glück.

Der Springbrunnen auf dem Friedrichsplatz in Krefeld
The Friedrichsplatz Fountain in Krefeld

Stadtfreiheit

Die alten Tore,
trügerisch die Sicherheit,
auch wenn sie verriegelt.
Stickig die Luft,
gefangen hinter den Mauern.
Öffnet also die Pforten,
macht frei die Stadt.
Wind weht durch die Gassen.
Ein Hauch von Grün.

Häuser

Fachwerk,
eng begrenzt,
ineinandergeschachtelt,
eingepfählt.
Kleinkariert?
Jedes Holz
hält, stützt, trägt,
wird gehalten, getragen, gestützt.
Nirgendwo Blendwerk.
Fachwerk.

Die Alte Schulstraße in Kempen
Alte Schulstraße in Kempen

Der alte Hof

Das Hühnergegacker,
der Hahnenschrei,
die übermütigen Sprünge
der Rinder im Frühling,
das Gurren im Taubenschlag.
Im radrunden Nest
auf dem First
das Geklapper der Störche.
Pferdegestampf
und Hundegebell,
das Gänsegeschnatter.
Ein verstummter Chor.
Der alte Hof
hat einen neuen Namen:
Betrieb.
Und aus den Ställen
schrillt das entsetzliche Schreien
der Schweine.
Vierhundertfach.

Eine Hofanlage im Grefrather Freilichtmuseum
A farmyard in the Grefrath Open Air Museum

Wegmarken

Weites Land. –
Kirchtürme sind es,
die den Weg
dir noch weisen.
Von Ort zu Ort.
Gewiß.
Aber die spitzen Helme
deuten himmelwärts.

Wassermühle

Hätte der
tonnenschwere Mühlstein
je gedacht,
daß es das sanfte Werk
des Wassers ist,
das ruhelos ihn in
die Drehung treibt?
Es sind die ungezählten Tropfen,
kleine Kräfte nur,
die endlich doch
das Große
in Bewegung bringen.

Die Wassermühle von Haus Caen bei Straelen
The water-mill of House Caen at Straelen

Stille Mahnung

Die Mühlenflügel
stehen still.
Sie mahnen
und erinnern:
Verachtet nicht
den Wind,
der gestern noch
mit seiner steten Kraft
des Mahlwerks
schwere Räder drehte.
Und nun fegt er
übers Land
den giftigen Atem derer,
die jüngst ihn
aus der Fron entließen.

Die Stendener Mühle bei Kerken
The Stenden Mill at Kerken

Selbst Eichen

Wurzelstock
tief eingesenkt
in den Grund.
Festgezurrt
mit tausend zarten Fasern.
Wolkennah der Wipfel.
Höher, höher hinauf!
Kein Zittern.
Die Axt in die Wurzel geschlagen,
die Blätter verwehen im Wind.
Der Herbststurm
bricht auch in den Eichen
das trockene Holz.

Haus Issum
House Issum

Der Turm

Ein Rest von
längst vergang'ner Herrlichkeit.
Schamrot glühn
im Morgenlicht
die rundgefügten Mauern.
Sie denken an
der Jugend
ungezähmte Wildheit,
mit der der Wehrturm
schnelles Sterben brachte.
Doch später dann
ein Mühlenturm.
Nicht Feuer spie er
länger in das Land.
Mehl schleppten sie
in prallgefüllten Säcken.
Behaglich spannt er
seinen Rücken
in der Mittagshitze.
Mit sanftem Licht
bescheint das Abendrot
den Rest
von längst vergang'ner
Herrlichkeit.

Der alte Mühlenturm in Geldern
The old mill tower in Geldern

Unter Glas

Regen
abgeschirmt.
Wind
ausgesperrt.
Fruchtbare Erde
weggekarrt.
Nährlösung
eingeschwemmt.
Den Frühling,
den Sommer,
den Herbst
und den Winter
gleichgemacht.
Ausgemerzt
das Pfauenauge,
die Erdkröte,
den Hirschkäfer.
Wann ist der Mensch
an der Reihe?

Eines von tausend Gewächshäusern am Niederrhein.
Hier sind es blühende Alpenveilchen in Geldern-Lüllingen.
One of thousand hothouses in the Lower Rhine.
Flowering cyclamens in Geldern-Lüllingen.

Anbetung

Nach dem Winde
das Fähnchen drehn.
Sprosse um Sprosse
zu höheren Weihen.
Die Leiter ist alles.
Noch ehe der Hahn
zweimal kräht,
dreimal sich selber
verraten.
Und am Ende
das Nichts.

Spuren

Wo sanft
der Himmel
die Erde berührt,
da halte Ausschau,
Mensch,
nach den Fingerabdrücken
dessen, der seine Hand
ruhen ließ,
ruhen ließ
am siebenten Tag
auf diesem
gesegneten Land.

Blühende Erikenkulturen in Geldern-Lüllingen
Flowering heather plantation in Geldern-Lüllingen

Trost

Zu dir getragen
die Tränen,
Tränen
im gläsernen Krug,
im Kruge gebündelt
das Licht,
erster Schimmer
im Schatten
der Nacht.

Die Gnadenkapelle in Kevelaer
The clemency chapel in Kevelaer

Gemeinsam

Ein Stein allein
versinkt,
Wellenringe,
flüchtige, zerrinnende Spuren nur.
Aber eng zusammengefügt,
von kühnen Gedanken
zu Bögen geformt
wird Unmögliches wahr:
Stein schwebt
über dem Wasser
und trägt
die Lasten
durch die Jahrhunderte
hin.
Vae soli!

Brückenbögen am Schloß Wissen bei Weeze
Bridge arches at Wissen Castle at Weeze

Bürgerhaus

So ist das
mit den Häusern
der Bürger.
Schmal die Fenster,
verblendet,
vergittert.
Sichern,
was eingeschlossen
in eisernen Truhen.
Umklammern,
was doch nicht
zu halten ist.
Die Stufen
der gotischen Giebel,
ins Leere
führen sie stolz.
Hinter Mauern
quillt kein
lebendiges Wasser.
Sie schöpfen es draußen
und tragen's hinein
und trinken
und leben.

Das Haus zu den fünf Ringen in Goch
The »Five Rings« House in Goch

Spiegelungen

Wasser rinnt
dem Meere zu.
In seinem Spiegel
trägt es mit sich,
was verwurzelt scheint.
Wer an den Ufern
still verharrt,
dem wächst
die fast vergess'ne Sehnsucht
nach den
vorausgeschickten
Bildern.

Winter an der Niers bei Goch
Winter on the Niers near Goch

Adsum

Schmale, hochgewölbte Joche
steigen steil aus flachem Land.
Wer lotet aus
der Siebenzahl
verschlüsseltes Geheimnis,
das durch die Zeiten hin
von vielen Lippen
forderte die Antwort
Samuels:
»Hier bin ich, Herr.
Dein Diener hört.«

Die Kapelle des Internats »Die Gaesdonck« bei Goch
The chapel of the »Die Gaesdonck« boarding school at Goch

Grabmale

Süß ist es und ehrenvoll ...
mit 17, mit 19
fürs Vaterland.
Was für ein Land!
Was sind das für Väter,
die Söhne und Töchter
hinmorden lassen?
Wo warst du, Engel,
der schaudernd
dem Abraham in den Arm fiel,
ihm das Messer entriß?
Die ihr dem Gotte nahe seid,
kehret zurück
mit der Morgenröte,
damit von Isaaks
Schwestern und Brüdern
weiche die Angst
und Hoffnung
auf einen neuen Tag
die Todesfesseln
zersprenge.

Der Soldatenfriedhof im Reichswald
The Soldier's Cemetery in the Reichswald forest

Lockruf des Kranichs

Ach, Königsvogel,
wärst du doch
in unserem Land geblieben!
Dein ruhiger Schwingenschlag,
dein heiseres Singen
tief aus der Kehle!
Doch du kamst nicht zurück
mit den wärmeren Tagen.
Hin flogst du
zu Menschen,
die nicht zerstört
die Schönheit
der Schöpfungstage.
Fremd ist uns geworden
dein Zeichen am Himmel.
Manchmal in Nächten,
Kranich, du,
hören wir fern deinen Schrei,
und Sehnsucht
schießt uns ins Blut.

Der Mühlenturm in Kranenburg
The mill tower in Kranenburg

Schwanenritter

Alles wissen vom andern,
Einblick fordern,
bloßlegen,
eindringlich befragen,
entschleiern.
Alles wissen vom andern?
Mehr ist der Mensch
als die Summe
seiner Antworten.
Er ruft den Schwan herbei,
gleitet davon
ins Land derer,
die ihm vertrauen.

Im Innenhof der Schwanenburg in Kleve
In the inner courtyard of the Schwanenburg in Kleve

Anker

Insel im Strom,
mußt fest dich verankern,
willst du nicht
Sandbank werden.
Nicht in die Erde allein
treib deine Wurzeln.
Bau Pfeiler nach oben.
Türme der Hoffnung.

Die Rheininsel Schenkenschanz bei Kleve
The Schenkenschanz Rhine island at Kleve

Johanna Sebus

Sie lebt,
weil sie starb.
Der Stein verwittert,
der Baum verliert
sein Laub.
Aber von Mund zu Mund
wird durch die Zeiten
weitergegeben
bis in die Ewigkeit:
Sie lebt,
weil sie starb.

Hinter Ahorn und Buchen versteckt liegt das
Johanna-Sebus-Denkmal am Rheindamm bei Rindern
The Johanna Sebus Memorial hidden behind maples and beech trees
along the Rhine embankment at Rindern

Schönes Land

Nach seinem eigenen Zuschnitt
solle ein jeder selig werden,
so redete Friedrich,
den sie den Großen nennen.
Und traf den bitteren Spötter Voltaire
in der Zwingburg
mit dem betörenden Namen:
Moyland.
Da bekam das Volk es zu spüren.
Selig? Warum nicht?
Aber nur nach seinem,
nach des Königs
hochmütigen Zuschnitt.

Das Schloß Moyland, Beuys-Museum
Moyland Castle, Beuys museum

Utopia

Rosinen im Kopf
und zwischen den Zähnen
oft genug
nur trockenes Brot.
Und doch,
es sind die fernen Bilder,
die die nächsten Schritte
in diese
oder jene
Richtung lenken.

*Pfalzdorf mit seiner barocken Kirche, gegründet von Pfälzern im 18. Jahrhundert,
die hier ihren Plan, nach Amerika auszuwandern, aufgeben mußten.
Pfalzdorf with its baroque church, founded in the 18th century by emigrants from
the Palatinate who were forced to abandon their plans to immigrate to America here*

Rathaus

Rat, nicht Befehl.
Haus, nicht Zwingburg.
Diener, nicht Herrscher.
Ist das alles erstickt
unter 100 x 100
Aktengebirgen?
Verstrickt in
das engmaschige Netz
von Gesetzen,
Erlassen, Verordnungen?
Erdrosselt in Schlingen,
die wir uns selber gelegt?
Herrscher oder Diener?
Burg oder Haus?
Befehl oder Rat?
Alexander irrte,
als er
den gordischen Knoten
zerschlug.
Mühsam ist das Entwirren.
Aber warum erst morgen
damit beginnen?

Das gotische Rathaus in Kalkar
The Gothic town hall in Kalkar

Nostalgie

Seltsam, was treibt euch,
ihr Rastlosen?
In schnellen Wagen
jagt ihr von Ort zu Ort,
sucht nach dem,
was überdauert
die flüchtigen Tage.
In kurzen,
allzu kurzen Atempausen
verweilt euer Blick
voll leiser Trauer
auf Steinen,
in längst vergang'ner Zeit
kunstvoll aufgetürmt.
Doch die verspotten
freundlich den Wahnsinn
der Hast.

Alte Häuser am Markt in Kalkar
Old houses on market Square in Kalkar

Allerseelen

Rund um die Türme
versunkene Gräber.
Flechtenüberzogen.
Die Namen verwittert,
verblaßt die Erinnerung,
gelöscht nach dreißig,
nach fünfzig Jahren:
Aus und vorbei.
Aber immer noch
schreiten Menschen
durch die Gräberfelder
dorthin,
wo der Gedanke nistet:
In meine Hand
habe ich dich
geschrieben.

Die Pfarrkirche in Wissel
The parish church in Wissel

Viktordom

Ins Gestern geschaut.
Schauder.
Sie löschten
in ihrem Innern
die winzige Flamme
nicht aus.
Gedanke Gottes,
eingehaucht
in verwundbare Hüllen.
Stachel
im quellenden Fleische
der Mächtigen.
Tod!
Tot?
Vergessen
die Namen
der Mörder.
Die Opfer?
VIKTORES.
Ins Gestern geschaut.
Hoffnung für morgen.

Der Viktordom in Xanten
The Victor Cathedral in Xanten

Die heimliche Macht

Dreifach bewacht das Tor,
die Mauern hoch hinaufgezogen.
Es kocht das Pech.
Der grünlich-gelbe Schwefel
steht bereit.
Doch, was nützt die Wehr?
Ideen wehen
mit dem Abendwind
durch Markt und Straßen.
Die Stadt verändert
unversehens
ihr Gesicht.

Die Doppeltoranlage des Klever Tores in Xanten
The double gate of the Kleve Gate in Xanten

Pforten des Paradieses

Lodernde Fackeln,
Feuerwände.
Engel bewachen
die ehernen Pforten.
Gelegentlich wechseln sie
lustlos die Gaspatronen
der Flammenschwerter.
Sie blinzeln dir zu,
verschwörerisch, spöttisch.
Und du erhascht,
bist du nicht völlig erblindet,
einen Blick
ins letzte der Paradiese.

Stufen

Stufen hinauf,
Stufen herab.
Müder Tritt,
leichter Schritt.
Springen vor Freude,
lahm vor Angst.
In Dunkel und Dunst
vielleicht das Ziel.

Alles ist Weg.
Vorläufig sind nur
die Atempausen.
Aber hinter
den Schleiern
die Sonne.

Am Xantener Altrhein bei Birten
At the Xanten Old Rhine arm near Birten

Roß und Reiter

Trieb Dschingiskhan
seine Rösser
durch's Viereck
der zugigen Halle
des ländlichen Reitervereins?
Ritt Roter Büffel
als Knabe
die E-Dressur?
Blieb Winnetous Pferd
tagsüber angekettet
im Ständer?
Was ist aus euch geworden,
ihre freien Kinder
der Steppe!
Ihr hättet euch
widersetzen sollen.

Die Windmühle in Alpen
The windmill in Alpen

Bürgersinn

Ein Haus aus Glas.
Einblick gewähren.
Nichts verschleiern.
Anteil nehmen.
Im Auge behalten.
Durchschauen.
Mitdenken.
Mitreden.
Mittragen.
Davon lebt
eine Stadt.

Der Eingang zum Rathaus in Rheinberg
The town-hall entrance in Rheinberg

Steine sind geduldig

Gesprengt
der düstere Turm.
Dahin
die Sicherheit.
Doch die Steine,
die Steine
fügen sich neu
zu heiterem Bild.
Kinderfinger
malen im Spiel
auf die Wand:
Nicht Krieg!
Nicht Krieg!
Soll Frieden sein.
Für immer.

Der Spanische Vallan vor den Toren Rheinbergs
The »Spanish Stockade« before the gates of Rheinberg

Der neue Tag

Du Hahn auf dem Turm,
krähe beizeiten.
Künde uns, die wir
in Schatten wandeln,
die ersten Schimmer
des frühen Lichts.
Dein Schrei
soll uns wecken
aus schweren Träumen;
denn endlich
wird kommen
der Tag.

Frühling in Orsoy
Spring in Orsoy

An der Pumpe

Jeden Abend
aus der Tiefe
das frische Wasser.
Aber mehr noch
das Zusammenstehen,
das belebende Wort,
der kleine Scherz,
die besorgte Frage,
auch das Geschwätz.
Nicht einsam leben.
Nicht vergessen sterben.
Nachbarschaft eben.

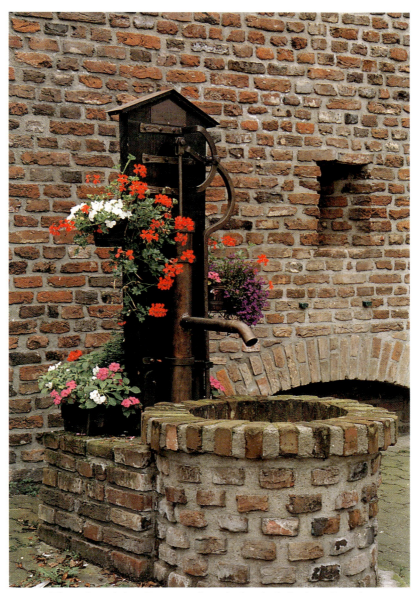

Eine der vielen Pumpen im niederrheinischen Land.
Diese steht an der Stadtmauer von Orsoy.
One of many pumps in the Lower Rhine area.
This one stands at the town wall of Orsoy

Die Mönche

Von der Wurzel her.
Ja, ja.
Nein, nein.
Ein Leben wie
eine Stimme im Chor.
Das gläserne Klanggespinst
des Chorals
schwebt jenseits
der Erdenschwere.
Die Hände aber,
zum Lobe geöffnet,
sind hart von Schwielen.
Und über all das hinaus
zerbrechliche Türme,
Antennen in eine
verborgene Welt.

Die Terrassengärten des Klosters Kamp
The terraced garden of the Kamp Monastry

Heimatmuseum

Die Zeugen alter Zeit
eng zusammengerückt
in Fluren, Sälen,
Zimmerfluchten.
Wir schauen
und werden
merkwürdig still.
Was bleibt von uns?
Was bleibt,
wenigstens eine Weile.

Das Moerser Schloß
Moers Castle

Loslassen

Der alte Schrank
und auch die Schätze,
die er barg
in seinen
tiefen Laden:
Loslassen.
Der blanke Tisch
und all die Kinder,
die darum geschart
so manches Jahr:
Loslassen.
Der Binsenstuhl
und die darauf gesessen
und mir so lieb gewesen
über alles:
Loslassen.
Tag um Tag
wird mehr
zur Heimat das,
was niemand
greifen kann.

Im Grafschafter Museum im Moerser Schloß
In the Grafschaft Museum in Moers Castle

Haus der Bücher

Lettern, Zeilen,
Seiten, Bücher.
Und mitten darin
findet jeder sich selbst,
erkennt
einen Pulsschlag lang
sein eigenes Ich
wie im kristallenen Spiegel.
Bücher, Seiten,
Zeilen, Lettern.

Haus der Bücher Spaethe in der Moerser Altstadt
The »Spaethe« house of books in the old part of Moers

Über Tage

Sie lieben das Licht,
die gleißende Sonne,
den winzigen Garten
hinter dem Haus.
Wer 800 Meter tief
in den Schacht,
in die Dunkelheit fällt
und dort mit
kreischendem Stahl
herausbricht
das schwarze Gestein,
der spürt voll Glück
den Humus zwischen den Fingern,
die Wärme der Sonne
auf seiner Haut
und schaut ins Licht
und lächelt.

Eine Bergarbeitersiedlung in Moers-Meerbeck
A miner's housing estate in Moers-Meerbeck

Fallen

Flamme und Flut,
Sturmwind und Erdentiefe
dienstbar zu machen
den Menschen
zu größerer Freiheit.
Das war der Väter
kühner Gedanke.
In zahllosen Zugriffen
zähmten sie
die wilden Kräfte
der Elemente.
Wann, du Feuer,
noch mühsam gebändigt,
wann, du ungestüm
gegen die Deiche
schlagendes Wasser,
du heißer Atem
der Wüste,
du Erdengrollen,
wann wurden
aus Dienern Herrscher?

Hohnlachend leert ihr,
zu Götzen erhoben,
euern Unrat aus
über die,
die im Geheimen
beugen die Knie
vor dem Goldenen Kalb.

Die Rheinbrücke bei Duisburg-Homberg
The Rhine bridge at Duisburg-Homberg

Zeitzeuge

Er hat das alles gesehen:
Die badenden Kinder;
die blanken Kiesel
im tiefen Wasser;
den Salm,
den gewaltigen Stör;
den Aalschokker;
die schwarzen Rauchfahnen
der Schlepper;
das Treibeis
Scholle an Scholle.
Doch als die Loreley
das Singen aufgab,
– der Diesellärm übertönte
ihre betörenden Lieder –,
da hat der alte Rheindampfer
beschlossen,
ein Museum zu sein.
Weil er das wirklich
alles gesehen hat.

Das Museumsschiff »Oscar Huber« im Duisburg-Ruhrorter Hafen
The »Oscar Huber« museum barge in the Duisburg-Ruhrort Harbour

Wind in den Weiden

Du alte Weide,
wer hängt die Laute
dir ins Geäst?
Wohin ist geflogen,
für immer geflogen
die Eule,
die Eule
noch gestern behaust
in deiner Höhle?
Verrostet das Messer,
das die Zweige
dir schnitt,
vergessen die Künste,
Körbe zu flechten.
Trauernd stehst du,
hältst Wacht an den Ufern.
Vergebens lauschst du.
Keine Laute,
kein einziger Ton.
Nur der Wind
in den Weiden.

Kopfweiden in der Rheinaue bei Friemersheim
Pollard willows in the Rhine water-meadows at Friemersheim

Weit draußen

Voller Geheimnisse
die Mühlen.
Ins Abseits gebannt.
Ein Ruch von Fremdheit.
Wer erzählt noch
die schaurige Mär
von Nixen und Nymphen,
vom Wassermann
und Lilofee?
Aber das Ausgrenzen,
das haben wir
nicht verlernt.

Die Wassermühle Haus Hiesfeld bei Dinslaken
The House Hiesfeld water-mill at Dinslaken

In den Wind geschrieben

Euer Triumph?
Von gestern.
Ihr Römer,
ihr Spanier,
Kroaten und Preußen,
Franzosen auch.
Ihr alle,
die ihr von weither
gekommen,
eingedrungen
in unser Land.
Der Triumph?
Von gestern.
Stein ist geduldig,
doch die Zeit
zerbröselt die Siegesmale.

Das Berliner Tor in Wesel
The Berlin Gate in Wesel

Sinnfragen

Geißelschlag und Spott
und endlich Tod.
Herr, unser Herr,
hast du
sie verlassen?
Wo bleibt ihr Ostermorgen
in den Kasematten?
Wo ist ihr
leeres Grab?
Was Menschen eingebrannt
in die Erinnerung,
Herr, unser Herr,
in Ewigkeit wirst du
es nicht vergessen?

Die Zitadelle in Wesel.
Hier starben 43 Studenten des Genter Priesterseminars (1813/14), hier waren die elf
Schillschen Offiziere gefangen (1809). Heute Schillmuseum
The Citadelle in Wesel. 43 students of the Contor Pricaler Seminar died here (1813/14).
The eleven Schill Officers were imprisoned here. Today it is the Schillmuseum

Refugien

Was immer wir
zu schützen bereit sind,
lange zuvor schon
haben wir's umgebracht.
Darwin geistert umher.
Aber ist's wirklich
der Starke,
der überlebt?

Am Altwasser der Lippe bei Wesel
At the old arm of the Lippe at Wesel

Besetztes Land

Klar die Linien.
Von kühlen Köpfen
mit kalter Leidenschaft
erdacht
und in das Meter,
in die Form gegossen.
Stets waren Tempel es
und Kirchen,
mit denen
Sieger den Besiegten
zeigten ihrer Götter
größ're Macht.
Und ihre Sprache
stülpten sie
den Menschen über
wie ein fremdes Kleid,
sei es nun
römisch, spanisch,
preußisch,
sei es das Wort
der Nachbarn,
der Franzosen.
Und schließlich
weit über den Atlantik
hergetragen: o.k.
C'est la vie.

Die Stadt Rees
The Town of Rees

Charon

Niemand,
ihr Brüder,
niemand mehr
legt euch das Fährgeld
auf die erkaltete Zunge.
Längst angekettet
die Kähne.
Es bleibt eine Ahnung:
Drüben, weit drüben,
da ist
ein anderes Ufer.

Der Altrhein bei Bienen
The Old Rhine arm at Bienen

Vorbehalte

Fragile Bögen.
Weitgespannte Hoffnung
auf jenen Tag,
der Brücken baut
von einem
zum andern,
und nicht mißtrauisch
Sprengkammern
ausspart,
tief verborgen
im Fundament.

Die Rheinbrücke Kleve–Emmerich
The Kleve-Emmerich Rhine bridge

Ferne Erinnerung

Irgendwo
muß es ja
gewesen sein,
das Paradies.
Der weite Himmel,
das satte Grün.
Die Früchte
an Bäumen
und Sträuchern.
Der große Frieden.
Aber verschlossen
das flammrote Tor.
Lange verweilt
das Auge,
und wach wird
ferne Erinnerung:
Irgendwo. Irgendwo.
Vielleicht hier.
Vielleicht
ganz in der Nähe.

Die weite Ebene der Rheinaue
The wide plains of the Rhine water-meadows

Fotoverzeichnis

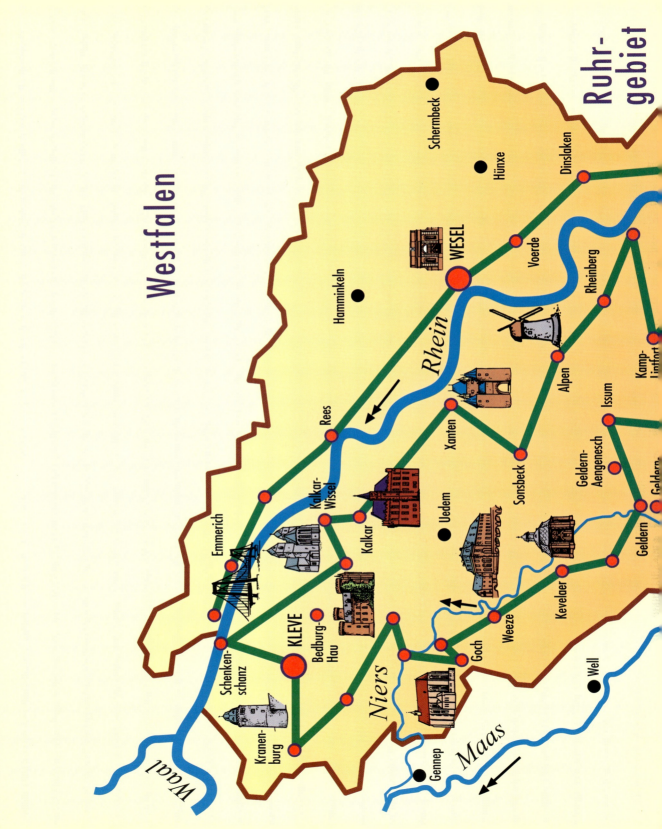

Ruhr-
gebiet

Westfalen

Schermbeck

Hünxe

Dinslaken

WESEL

Voerde

Rheinberg

Rhein

Kamp-
Lintfort

Hamminkeln

Rees

Xanten

Alpen

Issum

Uedem

Sonsbeck

Geldern-
Aengenesch

Geldern

Emmerich

Kalkar-
Wissel

Kalkar

Kevelaer

Geldern

KLEVE

Bedburg-
Hau

Weeze

Well

Schenken-
schanz

Goch

Niers

Kranen-
burg

Gennep

Maas

Waal